**Fiabe e Racconti per il Natale**

*Illustrazioni:* Elena Iarussi
*Copertina:* Shutterstock Images

**Redazione Gribaudo**
Via Garofoli, 262
37057 San Giovanni Lupatoto (VR)
redazione@gribaudo.it

*Responsabile editoriale:* Franco Busti
*Responsabile di redazione:* Laura Rapelli
*Redazione:* Daniela Caparotto
*Responsabile grafico e progetto:* Meri Salvadori
*Fotolito e prestampa:* Federico Cavallon, Fabio Compri
*Segreteria di redazione:* Daniela Albertini

FSC
www.fsc.org
MISTO
Carta
da fonti gestite in
maniera responsabile
FSC® C101934

Stampa e confezione: Grafiche Busti srl, Colognola ai Colli (VR),
azienda certificata FSC®-COC con codice CQ-COC-000104


Socio Unico Giangiacomo Feltrinelli Editore srl
Via Andegari, 6 - 20121 Milano
info@gribaudo.it
www.feltrinellieditore.it/gribaudo/

*Prima edizione:* 2015 [11(Ne)]
*Seconda edizione:* 2015 [11(G)] 978-88-580-1437-0

# Fiabe e Racconti per il Natale

Illustrazioni
di **Elena Iarussi**

GRIBAUDO

# Sommario


La storia di Babbo Natale ..... 7

La notte prima di Natale *(Clement Clarke Moore)* ..... 23

Rudolph, la renna dal naso rosso *(Robert Lewis May)* ..... 37

Canto di Natale *(Charles Dickens)* ..... 55

La piccola fiammiferaia *(Hans Christian Andersen)* ..... 99

La Regina delle Nevi *(Hans Christian Andersen)* ..... 121

Il gigante egoista *(Oscar Wilde)* ..... 169

Il Principe Felice *(Oscar Wilde)* ..... 199

# Introduzione

L'inverno è arrivato e nell'aria già si respira profumo di festa. Le giornate sempre più corte e fredde invitano a raccogliersi nell'intimità delle case ed è la presenza delle persone amate a riscaldarci il cuore. Quale migliore occasione per leggere insieme un bel libro di racconti. Affascinanti storie della tradizione e fiabe che ci avvolgono nello spirito natalizio e ci accompagnano nel periodo delle feste con i loro messaggi di bontà, serenità e felicità.

# La storia di Babbo Natale

Nicola era nato in Turchia, presso una famiglia ricca e benestante, ma era presto rimasto orfano.

Fin da piccolo si era dimostrato generoso e gentile con i bisognosi, donando tutto quello che possedeva. Aveva aiutato tre fanciulle povere che non riuscivano a trovare marito regalando, senza farsi vedere, un sacco di denaro a ciascuna, perché avessero una dote.

Un giorno Nicola decise di andare a vivere in una città chiamata Mira, in cui fu nominato vescovo. Per tutta la vita fece del bene ai suoi concittadini, in particolare ai bambini, che amava moltissimo, e quando morì fu proclamato santo. Il suo corpo fu portato a Bari, nella chiesa a lui dedicata.

Dopo la sua morte, san Nicola divenne sempre più popolare e fu considerato il protettore dei bambini.
I piccoli presero l'abitudine di scrivergli letterine, in cui chiedevano dolcetti e doni.

San Nicola diventò famoso in tutto il mondo:
veniva chiamato Sankt Nikolaus nei Paesi nordici
e divenne patrono di Amsterdam,
la capitale olandese, con il nome di Sinterklaas.
Grazie agli olandesi, che fondarono New York,
divenne celebre anche negli Stati Uniti.

Tra i bambini si diffuse l'usanza di preparare stivali o calze per il santo la sera del 5 dicembre, perché san Nicola li avrebbe riempiti con doni e dolcetti; quelli che erano stati bricconcelli, potevano trovare pezzetti di carbone...

Si narra che san Nicola avesse invitato i parroci della sua città ad andare a trovare i bambini che non potevano uscire a causa del freddo.

Aveva anche suggerito che portassero qualcosa in dono. I sacerdoti mandati da lui indossavano soprabiti rossi e portavano con loro un sacco colmo di regali, spostandosi con slitte trainate da cani. È dal loro modo di vestirsi che deriva l'abito di Babbo Natale.

Si diceva anche che san Nicola desse la caccia a un demone che si infilava nelle case della gente passando dai camini. Il santo sarebbe riuscito a sottometterlo, e lo avrebbe costretto a portare doni a tutti i bambini che aveva spaventato.

Ma allora, chi è Babbo Natale? C'è chi pensa che sia proprio san Nicola (è chiamato, infatti, Santa Claus), chi dice che sia un uomo buono che ha seguito il suo esempio, chi pensa, invece, che sia il demone che passava dai camini per spaventare i bambini, convinto da san Nicola a portare tanti doni e a diventare buono.

Una cosa è certa: Babbo Natale è un uomo amorevole e generoso che ogni anno, durante la notte di Natale, fa il giro del mondo con la sua magica slitta ed entra nelle case di tutti i bambini per distribuire i doni, trasportandoli in un grande sacco.

Vive in uno splendido palazzo al Polo Nord, circondato da un bosco di abeti imbiancati da soffice neve. Ma non è solo: con lui ci sono tanti simpatici elfi che lo aiutano a confezionare i doni per i bambini, a raccogliere le letterine che riceve e a preparare ogni cosa per la notte di Natale.

Gli elfi si occupano anche della sua slitta, decorata da miriadi di campanelle, e delle otto renne che la trainano: Fulmine, Ballerina, Donnola, Freccia, Cometa, Cupido, Saltarello e Donato.

Babbo Natale va spesso a trovare le sue renne, portando loro qualcosa di buono da mangiare e facendo le coccole a ognuna.

I suoi aiutanti per lui sono indispensabili, oltre che amici carissimi. Senza gli elfi Babbo Natale non riuscirebbe a fare ciò che è necessario per organizzare ogni cosa al meglio.

Questi infaticabili esserini, infatti, sanno esattamente cosa serve per prepararsi alla magica notte di Natale.

Ognuno di loro ha un compito preciso:
gli elfi giocattolai si occupano della produzione di bambole, macchinine, pupazzi e ogni sorta di giochi, mentre gli elfi confezionatori preparano i pacchetti scegliendo carte e fiocchi.

Ci sono poi gli elfi veterinari che si prendono cura delle renne e gli elfi falegnami, che si occupano della manutenzione della slitta.

Sono molto importanti anche gli elfi musicanti, che suonano le melodie e intonano i canti tradizionali del Natale, e pure gli elfi decoratori, che hanno il compito di realizzare ghirlande, festoni e, soprattutto, di addobbare il grande albero che si trova davanti al palazzo di Babbo Natale.

Ci sono, infine, gli elfi maggiordomi, che tengono in ordine la casa di Babbo Natale, puliscono i suoi vestiti, gli lucidano gli stivali.

C'è perfino l'elfo barbiere, che ha l'incarico speciale di mantenere folta e morbida la candida barba di Babbo Natale.

Una categoria particolarmente amata è quella degli elfi pasticcieri, che ogni giorno preparano torte, dolcetti, cioccolatini e caramelle per riscaldare le lunghe e fredde giornate al Polo.

Babbo Natale ama passare molto tempo nel suo ufficio: adora sorseggiare cioccolata calda, assaporando i deliziosi dolcetti preparati dagli elfi pasticcieri, mentre legge le letterine che gli arrivano da ogni angolo del mondo.

Sta seduto a una scrivania di legno tutta decorata, opera dei migliori elfi scultori.

Nel suo studio c'è una pergamena con la lista dei nomi dei bambini buoni (che sono davvero tanti!), continuamente aggiornata da una speciale penna magica, e un calendario che segna il conto alla rovescia dei giorni che mancano al Natale.

C’è anche un bellissimo orologio a pendolo che ha una funzione particolare: regola il tempo che manca al 25 dicembre così, se per caso c’è qualche ritardo, le lancette si spostano indietro, in modo da essere sicuri che per Natale sia tutto pronto: non ci si può certo permettere di arrivare tardi!

Quando tutto è a posto, Babbo Natale parte con la sua slitta e sfreccia nel cielo illuminato di stelle per raggiungere le case di ogni bambino. Vola tutta la notte consegnando i doni, ed è felice se gli si offre qualche dolcetto o un bicchiere di latte. In fondo, lui pensa alla felicità dei bambini, ed è un bel modo per dirgli grazie.

Quando ha finito di consegnare i pacchetti, riparte con la sua slitta per godersi un meritato riposo, lasciando dietro di sé una scia di polvere dorata.

# La notte prima di Natale

(Clement Clarke Moore)

Era la notte prima di Natale, tutto in casa faceva silenzio: nessuno si muoveva, nemmeno un topino; le calze erano appese con cura al camino, con la speranza che Babbo Natale sarebbe presto arrivato; i bambini se ne stavano rannicchiati nei loro letti, mentre immaginavano dolcetti di zucchero.

La mamma con il suo scialle e io con il mio berretto ci eravamo appena coricati, quando fuori si sentì un gran rumore.

Corsi come un fulmine alla finestra,
spalancai le imposte e sollevai il saliscendi.

La luna illuminava ogni cosa
sul manto di neve appena caduto, quando,
davanti ai miei occhi sorpresi, apparve
una minuscola slitta con otto piccole renne,
guidata da un conducente piccolo,
vecchio, tanto vivace e arzillo;
capii all'istante che doveva essere
Babbo Natale.

Più veloci di aquile i suoi destrieri arrivarono,
e lui fischiò, gridò, chiamandole per nome:

«Vai, Fulmine! Vai, Ballerina! Andate, Donnola
e Freccia! Su, Cometa, Cupido, Saltarello, Donato!
Sulla cima del portico e sopra la parete!
Sbrigatevi! Sbrigatevi! Alla svelta!».

Come foglie secche portate dal vento prima di una tempesta, quando incontravano un ostacolo salivano in cielo, e così volarono sopra la casa, trainando Babbo Natale sulla slitta piena di giocattoli.

E poi, in un batter d'occhio, sentii sul tetto
scalpitare e scalciare gli zoccoli.
Non appena alzai la testa e mi girai, Babbo Natale
scese dal camino con un tonfo.

Era tutto vestito di pelliccia, dalla testa
ai piedi, e i suoi abiti erano anneriti
per la cenere e la fuliggine; si mise sulle spalle
un sacco pieno di giocattoli, sembrava
un venditore ambulante che stava
per mostrare la merce.

Come gli brillavano gli occhi!
Che simpatiche fossette!
Le guance erano rosate, il naso sembrava
una ciliegia! La sua buffa, piccola bocca
era piegata in un sorriso, e la sua barba
era bianca come la neve; teneva stretta
in bocca una pipa e il fumo gli circondava
la testa come una ghirlanda; aveva un viso largo
e una piccola pancia tonda, che sobbalzava
quando rideva, come una ciotola di gelatina.

Era paffuto e grassottello, proprio un allegro, vecchio elfo! Io quando lo vidi scoppiai a ridere, senza volerlo; lui mi strizzò l'occhio e, con un cenno della testa, subito mi fece capire che non avevo nulla da temere.

Non disse una parola e si mise subito al lavoro;
riempì le calze, poi si voltò di scatto e salutò
accostando le dita al naso. Poi, con un cenno
del capo salì su per il camino, balzò sulla slitta,
fece un fischio alle sue renne e volarono via,
leggeri come il piumino di un cardo.
Ma quando sparì dalla vista lo sentii esclamare:
«Buon Natale a tutti e a tutti buonanotte!».

# Rudolph, la renna dal naso rosso

(Robert Lewis May)

In un Paese lontano, al Nord, dove tutto è ghiacciato, il vento soffia forte e i fiocchi di neve cadono abbondanti, vivono le renne. Babbo Natale conosce molto bene quelle zone, perché da là provengono gli animali che ha scelto per far volare la sua slitta. Aveva bisogno di otto renne per trainarla, quindi le ha selezionate personalmente, in modo da essere sicuro che avessero tutte le qualità necessarie.

Sono Saltarello (Donner), il capo, e poi Fulmine (Dasher), Ballerina (Dancer), Donnola (Prancer), Freccia (Vixen), Cometa (Comet), Cupido (Cupid) e Donato (Blitzen).

In quelle terre coperte di neve, abitava una coppia di renne che aveva dei cuccioli; uno di loro, Rudolph, era un tipetto particolare: aveva un carattere piuttosto vivace e infilava il naso ovunque. Proprio quel naso lo rendeva speciale: infatti, ogni volta che il cuore gli batteva forte per qualche emozione, per esempio quando era felice o si arrabbiava, diventava tutto rosso e si illuminava, diffondendo una luce intensa.

In famiglia tutti trovavano questo fatto molto divertente e si erano ormai abituati alla sua stranezza, ma fin da quando Rudolph era piccolo le altre renne l'avevano preso in giro, deridendolo per quel buffo naso rosso.

Quando iniziò ad andare a scuola, i compagni cominciarono a prendersi gioco di lui, ridendo in continuazione.

Il povero Rudolph cercava di nascondere il naso come meglio poteva, vergognandosi.
Pensò perfino di camuffarlo in qualche modo, colorandolo di nero con la fuliggine o nascondendolo con gli zoccoli, ma così era costretto a parlare sempre tenendo le zampe davanti al muso, e non era facile!

Ovviamente, i suoi compagni non perdevano mai l'occasione per sbeffeggiarlo e ridere di lui, facendolo diventare sempre più triste.

Rudolph, così, era diventato molto timido e vergognoso, aveva sempre paura di essere lo zimbello di qualcuno.

D’altra parte, per lui era impossibile
controllare le sue emozioni e non riusciva
a impedire che il suo naso diventasse luminoso.

Spesso sognava di essere come
una delle renne di Babbo Natale:
loro sì che erano forti, vigorose
e ammirate da tutti!
Avevano il grande onore di guidare
la slitta di Babbo Natale e nessuno
si sarebbe mai preso gioco di loro.

Intanto si stava avvicinando la notte più magica dell'anno e mancavano pochi giorni alla vigilia. Babbo Natale faceva spesso giri di prova sulla sua slitta. Rudolph osservava estasiato le piroette che le renne facevano nel cielo! Era talmente emozionato che il suo cuore batteva forte e, ovviamente, il naso diventava rosso come il fuoco.

In quel periodo tutti erano presi dal clima di festa e nessuno si era accorto che il tempo stava peggiorando. Babbo Natale era molto preoccupato: il giorno dopo avrebbe dovuto partire e stava arrivando una fitta nebbia. Non sapeva come avrebbe fatto a raggiungere le case dei bambini.

Per tutta la notte si rigirò nel letto senza riuscire a prendere sonno: se non fosse riuscito a vedere dove andava, come avrebbe fatto a consegnare i doni a tutti i bambini? Continuava a pensare a un sistema per essere sicuro di portare i regali in tutte le case: non poteva permettere che questo fosse l'unico Natale senza doni!

Babbo Natale decise, infine, di uscire:
prese la sua slitta e iniziò a volare nel cielo,
riflettendo su cosa fosse meglio fare.

La neve stava cadendo in grossi fiocchi
e, mentre Babbo Natale volava,
si faceva sempre più fitta, tanto che lui riusciva
a malapena a vedere dove stava andando.

Cercando di orientarsi, notò una luce rossa
così forte da illuminare ogni cosa intorno,
come una grossa lampada.
Guardando meglio, si accorse che era il naso
di una renna.

«Ehi, che bel naso luminoso! Se te la senti, avrei un grande bisogno del tuo aiuto: verresti con me la notte della vigilia di Natale, facendoci da guida per trovare la strada e portare i doni a tutti i bambini del mondo?»

Rudolph non poteva credere alle sue orecchie: Babbo Natale gli stava chiedendo di andare con lui a consegnare i doni! Il suo naso divenne rosso incandescente e lui ebbe paura di non essere all'altezza di un simile compito. Possibile che proprio lui, quello che tutti prendevano in giro, fosse stato chiamato da Babbo Natale in persona per guidare la sua slitta?

Saltarello, il capo delle renne, vide che era in imbarazzo e gli chiese: «Come ti chiami?».
«Rudolph» rispose con un filo di voce.
«Bene! Senti Rudolph, con questo brutto tempo solo tu puoi aiutarci a trovare la strada e a farci raggiungere ogni casa.»

Le parole di Saltarello fecero vincere a Rudolph la timidezza: il suo buffo naso era diventato il faro che avrebbe guidato Babbo Natale con tutte le sue renne!

Babbo Natale e le renne partirono per il lungo viaggio in tutto il mondo, per raggiungere ogni bambino. Rudolph rischiarava la strada senza farsi rallentare dalla nebbia, dalla neve o dalla stanchezza.

Consegnarono i doni in perfetto orario, con grande gioia di Babbo Natale, che fece i complimenti a tutti, in particolare a Rudolph: da quel momento, le renne della slitta sarebbero diventate nove.

Il giorno dopo, la renna dal naso rosso era considerata l'eroe del villaggio di Natale e fu festeggiata da tutti per la sua straordinaria impresa.

Rudolph era raggiante dalla felicità, tanto che il suo naso brillava più del sole!

Per la prima volta, si accorse che non provava più vergogna: al contrario, era fiero di essere diverso. Quello che sembrava un ridicolo difetto si era rivelato una dote preziosa che aveva assicurato un felice Natale a tutti i bambini!

# Canto di Natale

(Charles Dickens)

Ebenezer Scrooge era un uomo tirchio, avaro, scontroso e solitario come pochi. Nessuno osava avvicinarlo, né un povero per chiedergli la carità né un conoscente per salutarlo, e lui ne era ben contento.

Portava il gelo ovunque andasse e lo teneva anche in casa e in ufficio, dove il suo commesso Bob Cratchit batteva i denti per il freddo ed era costretto a lavorare scaldandosi con un fuocherello fatto di un solo pezzo di carbone.

Era il pomeriggio della vigilia di Natale e Scrooge era particolarmente di malumore: infatti, detestava le feste. A un certo punto venne suo nipote a salutarlo per fargli gli auguri e lui, come al solito, brontolò e mostrò tutta la sua indignazione.

«Il Natale è una sciocchezza! È solo un giorno come tanti, in cui si fanno i bilanci di fine anno e ci si accorge di quanto poco si è guadagnato, un giorno in cui ogni sciocco che se ne va in giro dicendo "Buon Natale" dovrebbe essere bollito in pentola!».

«Non è vero!» rispose suo nipote. «Natale è un giorno di festa, un giorno in cui si fa la carità, ci si vuole bene, si sta insieme e si aiuta la povera gente.»

A queste parole, il povero Cratchit si mise ad applaudire, con disappunto del suo padrone. Il ragazzo invitò lo scontroso zio a pranzo per il giorno seguente, ma lui rifiutò.

Entrarono due signori chiedendo l'elemosina per i bisognosi, e Scrooge li cacciò senza dare nulla.

Poi, sempre più di malumore, si indignò perché Cratchit sarebbe rimasto a casa il giorno di Natale e gli disse che sarebbe dovuto arrivare prima del solito il giorno dopo. Infine chiuse l'ufficio e si avviò verso casa.

Proprio mentre stava per aprire la porta, però, il battente si trasformò nel volto del suo socio Jacob Marley, morto sette anni prima. Un attimo dopo era tornato il solito battente. Scrooge entrò in casa borbottando.

Si preparò per andare a dormire, quando improvvisamente sentì suonare dei campanelli e udì un rumore di catene: lo spettro di Marley era davanti a lui. Scrooge non voleva crederci, eppure si trattava proprio di Marley.

Il vecchio avaro chiese al fantasma perché avesse quelle catene e Marley spiegò che se le era costruite da solo, con il suo comportamento, quando era in vita: erano le cattive azioni, le truffe, le malefatte che aveva compiuto, e ora doveva portarle per l'eternità.

Era venuto ad avvisare il suo vecchio socio: «Ebenezer, cambia finché sei ancora in tempo, altrimenti anche tu dovrai portare catene come queste. Questa notte riceverai la visita di tre spiriti: è la tua ultima occasione per evitare una sorte come la mia». E sparì come era comparso.

Scrooge si svegliò nel cuore della notte, pensando alle parole di Marley, e si disse che doveva essere stato solo un sogno.

D'un tratto, però, vide uno strano essere:
era a metà tra un bambino e un vecchio, piccolo,
con lunghi capelli bianchi, una tunica candida
e un ramoscello di agrifoglio in mano.
Era lo spirito del Natale passato.

Invitò Scrooge ad andare con lui, e i due volarono
fuori dalla stanza.

Lo portò in un posto che conosceva bene:
era il villaggio in cui era cresciuto.

Era l'inizio delle vacanze di Natale: Scrooge e lo spirito videro tanti bambini appena usciti da scuola che si salutavano e si scambiavano allegramente gli auguri.

Il vecchio riconobbe i suoi compagni d'infanzia. Loro, però, non potevano vedere né lui né lo spirito che lo accompagnava.

I due entrarono nella scuola, che non era del tutto vuota: in un'aula deserta c'era un bambino solo, che leggeva accanto al fuoco. Scrooge riconobbe se stesso e pianse.

Proprio in quel momento, pensò a un bimbetto che il giorno prima aveva cantato una canzone di Natale davanti alla sua porta e si pentì di non avergli dato nulla.

Lo spirito gli mostrò un altro Natale del suo passato: ora era un ragazzo, era nella stessa scuola e la sua sorella più piccola gli correva incontro per abbracciarlo e accompagnarlo a casa per le vacanze.

Ripensò con affetto a lei, morta anni prima, e pensò al figlio che aveva avuto, suo nipote.

E poi passarono a un altro Natale:
il giovane Scrooge rivide se stesso mentre
si divertiva con i suoi amici a una festa
organizzata dal suo vecchio datore di lavoro.

Pensò a tutta la felicità che si può suscitare
negli altri semplicemente con un gesto,
una parola, un sorriso.
Poi pensò a come trattava male
il suo povero commesso, Cratchit.

La scena cambiò e Scrooge si rivide, ormai uomo, accanto a una fanciulla: si rese conto, sentendo di nuovo le sue parole, che aveva rinunciato a lei in nome delle ricchezze che voleva accumulare. L'aveva persa e ora era troppo tardi per cambiare le cose.

Si sentì così triste che volle andarsene, ma lo spirito gli mostrò di nuovo la giovane, ora sposata con un altro uomo e con tanti bambini allegri intorno a lei.
Lei e suo marito stavano parlando di lui e dicevano che, mentre il suo socio era in punto di morte, lui se ne stava tutto solo nel suo ufficio.

Scrooge non volle più restare a vedere e chiese allo spirito di tornare nella sua stanza, dove si addormentò.

Si risvegliò di nuovo nella sua camera, che ora sembrava un bosco pieno di piante, con tacchini, formaggi, polli, salsicce, focacce e pasticcini, oltre a frutta e bevande. In mezzo a tutte queste bontà si trovava un gigante.

Era lo spirito del Natale presente; aveva una veste verde orlata di pelliccia e in testa portava una ghirlanda di agrifoglio. Era alto e maestoso, con un viso simpatico.

Scrooge si aggrappò alla sua veste
e lo spirito lo portò fuori dalla stanza.
Lo accompagnò nella povera casa di Cratchit,
dove moglie e figli stavano preparando
il pranzo della vigilia.

Arrivò Bob
con il figlio minore,
Tim, che era malato
e usava una gruccia
per camminare.
Era magro e debole.

Scrooge si preoccupò per il piccolo
e chiese allo spirito se Tim sarebbe vissuto.
Lo spirito rispose: «Vedo un posto vuoto
dove ora siede il piccolo Tim. Se le cose
non cambieranno, non ce la farà».
Scrooge si sentì mancare:
«No, non voglio che questo accada!».

Lo spirito, allora, rispose: «Che t'importa?
Uno in meno da sfamare».
Scrooge abbassò la testa, riconoscendo
in quelle parole una frase che lui stesso
aveva spesso pronunciato.

Mentre i Cratchit festeggiavano, felici
nonostante il poco che avevano, Bob propose
di fare un brindisi a Scrooge. Sua moglie però
si infastidì, perché sapeva che quel vecchio avaro
trattava male suo marito.

Lo spirito, poi, accompagnò Scrooge a casa di suo nipote, che rideva e scherzava con la moglie e gli amici. Parlavano di lui: i loro commenti sottolineavano quanto era tirchio ed egoista. Dicevano che era ricco, ma che non gli serviva a niente, perché era sempre solo.

Il nipote provava pena per Scrooge,
e dichiarò di voler continuare anche in futuro,
come aveva sempre fatto gli anni passati,
a fargli gli auguri e a invitarlo a casa sua
per la vigilia di Natale, con la speranza
di vederlo cambiare.

Vedendo quella compagnia di amici
ridere e scherzare, Scrooge si entusiasmò.
Non voleva più andarsene.
Lo spirito del Natale presente, però,
stava diventando visibilmente
più vecchio a ogni istante.

I due tornarono a casa; lo spirito sparì
nel buio della notte e fu sostituito
da un fantasma incappucciato.

Ora una figura nera, con il viso e il corpo nascosti da un mantello, stava davanti a Scrooge.
«Sei lo spirito del Natale futuro?» disse il vecchio.
Il fantasma non parlò, ma fece un cenno con la mano. «Sei qui per mostrarmi quello che accadrà, vero?» chiese Scrooge.
Lo spirito annuì.

Uscirono e si fermarono accanto a due uomini che parlavano. Uno dei due disse:
«Non so molto di lui; so solo che è morto ieri sera». L'altro rispose: «Sembrava che non morisse mai, quel vecchio taccagno!
Non sarà certo un gran funerale: non ci andrà nessuno».

Scrooge si chiedeva di chi stessero parlando e aspettava di veder arrivare, come era accaduto le altre volte, la propria ombra. Vide, invece, delle persone che si dividevano con avidità gli oggetti appartenuti al defunto, poi notò un letto, su cui stava un corpo coperto da un lenzuolo.

Scrooge cominciò a capire chi poteva essere quell'uomo che tutti disprezzavano anche da morto.

Guardò lo spirito che indicava il lenzuolo, ma non ebbe il coraggio di sollevarlo. Scrooge chiese disperato allo spirito di mostrargli, se esisteva, almeno una persona che avesse provato un'emozione per la scomparsa dell'uomo che era sotto il lenzuolo.

Lo spirito allora lo portò in una povera casa, dove un uomo e una donna parlavano tra loro: era la famiglia Cratchit. Marito e moglie esprimevano il loro sollievo per la morte di quell'uomo: ora il loro debito sarebbe passato nelle mani di un'altra persona, che certamente non poteva essere peggiore del vecchio. L'unica emozione che quella morte aveva suscitato in qualcuno era un'emozione di piacere.

Scrooge chiese allora allo spirito di fargli vedere qualcuno che avesse provato tenerezza in seguito a una morte. Lo spirito gli mostrò allora, di nuovo, i membri della famiglia Cratchit che, riuniti intorno al fuoco, ricordavano con affetto il piccolo Tim e si ripromettevano di non dimenticarlo mai.

Scrooge e lo spirito andarono infine al cimitero, dove finalmente il vecchio lesse su una lapide il nome del morto: Ebenezer Scrooge!

EBENEZER
SCROOGE

Scrooge pensò che quello
non poteva essere il suo futuro:
doveva cambiare, per questo
aveva ricevuto la visita degli spiriti!

Al mattino si svegliò nel suo letto:
era il giorno di Natale. Era stato
con i tre spiriti per una sola notte.
Si sentiva rinato, era felice
ed emozionato come un bambino
e aveva voglia di ballare.

Fermò un ragazzino di passaggio e lo mandò a comprare un tacchino gigantesco, poi lo fece recapitare alla casa dei Cratchit.

Si vestì a festa e uscì di casa. Si fermò a parlare con i passanti, fece l'elemosina ai mendicanti e alla fine, all'ora di pranzo, si presentò a casa di suo nipote, che non credeva ai suoi occhi nel vedere lo zio così cambiato.

La mattina seguente Scrooge si alzò presto per arrivare in ufficio prima di Cratchit. Quando il commesso entrò, gli disse subito che gli avrebbe aumentato lo stipendio.

Scrooge aiutò in tutti i modi la famiglia Cratchit e diventò come un secondo padre per il piccolo Tim, che non morì.

Fece del bene e tutti lo ricordarono
per la sua bontà e generosità. Buon Natale!

# La piccola fiammiferaia

(Hans Christian Andersen)

Era l'ultimo giorno dell'anno.
Faceva molto freddo, nevicava ed era buio.

Una povera bambina camminava a piedi nudi. Quando era uscita indossava un paio di pantofole, ma erano troppo grandi per lei (erano appartenute a sua madre) e le aveva perse: una era sparita e l'altra se l'era portata via un monello.

La bambina camminava con i piedi bluastri per il freddo. Teneva nel vecchio grembiule molti fiammiferi e ne aveva un pacchetto in mano.

Tutti erano a casa, impegnati nei preparativi per le feste, e lei non era riuscita a vendere nemmeno un fiammifero in tutta la giornata.

Ora era stanca, affamata e infreddolita. Fiocchi di neve le cadevano sui lunghi capelli biondi, e faceva sempre più freddo.

Era l'ultimo giorno dell'anno, la piccola osservava le finestre illuminate e sentiva spandersi nell'aria i profumi degli arrosti: aveva così fame che non riusciva a pensare ad altro!

La fiammiferaia si sedette in un angolo fra due case. Si rannicchiò per proteggersi dal freddo che era sempre più pungente.

Non osava tornare a casa da suo padre: non aveva guadagnato neanche un soldo e lui l'avrebbe sicuramente picchiata! E poi, loro abitavano sotto un tetto, dove il vento soffiava gelido.

Le mani della piccola erano ghiacciate. Forse avrebbe potuto usare un fiammifero per riscaldarsi...

Ne prese uno dalla scatola e CRAC! Lo strofinò contro il muro. Emanava una fiamma calda e luminosa.

La fiammiferaia ebbe l'impressione di trovarsi davanti a una grande stufa di ferro, con un coperchio di ottone, in cui ardevano ceppi scoppiettanti.

Allungò le gambe per avvicinare i piedi al fuoco, ma... il fiammifero si spense, la stufa sparì e la piccola si ritrovò con il bastoncino bruciato tra le dita.

Quella visione era stata così bella che la bambina accese un altro fiammifero. Il punto in cui la luce colpiva il muro divenne quasi trasparente e la bambina si ritrovò in una stanza con una bella tavola apparecchiata.

Un'oca arrosto, ripiena di mele e prugne, le andò incontro. La piccola le tese le mani per afferrarla, ma... il fiammifero si spense e tutto tornò come prima.

La bambina decise di accendere un altro fiammifero. CRAC! Questa volta era ai piedi di uno splendido albero di Natale, ancora più bello di quello che aveva visto nella vetrina di un negozio. Migliaia di candeline scintillavano sui suoi rami e graziose figure colorate la guardavano. La piccola allungò la mano, ma... il fiammifero si spense e le luci natalizie volarono su nel cielo.

La bambina si accorse che le luci erano diventate stelle; una di loro cadde, tracciando una scia nel buio della notte.

La piccola pensò: "Qualcuno muore".
Glielo aveva insegnato la nonna, l'unica persona che l'avesse mai trattata con amore e che purtroppo era morta.
Le diceva spesso: «Quando una stella cade, un'anima sale a Dio».

La fiammiferaia accese un altro fiammifero e le apparve davanti proprio la sua cara nonna, radiosa e sorridente.

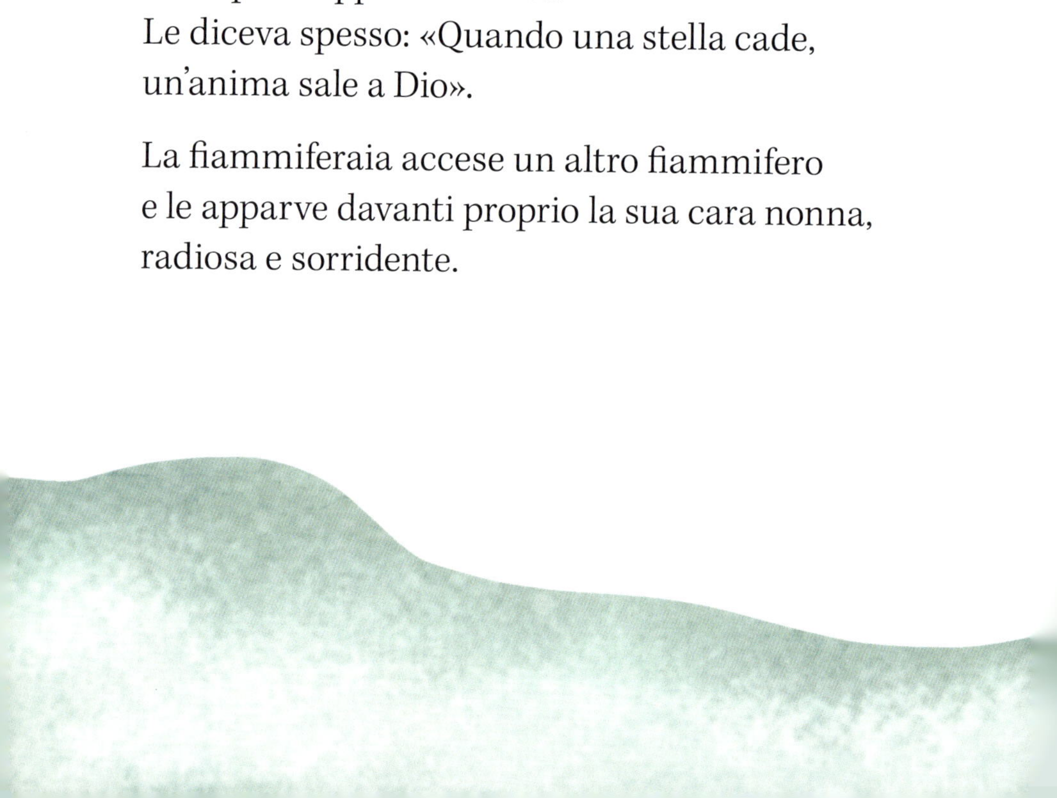

«Nonna, ti prego, portami con te!» gridò la piccola. «Quando il fiammifero si spegnerà, so che anche tu svanirai come la stufa calda, l'oca arrosto e il grande albero di Natale!»

La bambina, allora, accese tutti i fiammiferi che le restavano per trattenere la nonna. Si sprigionò una luce più intensa di quella del pieno giorno; la nonna non era mai stata così bella!

La prese fra le braccia e insieme volarono su nel cielo, fino in Paradiso, dove non ci sono né freddo né fame!

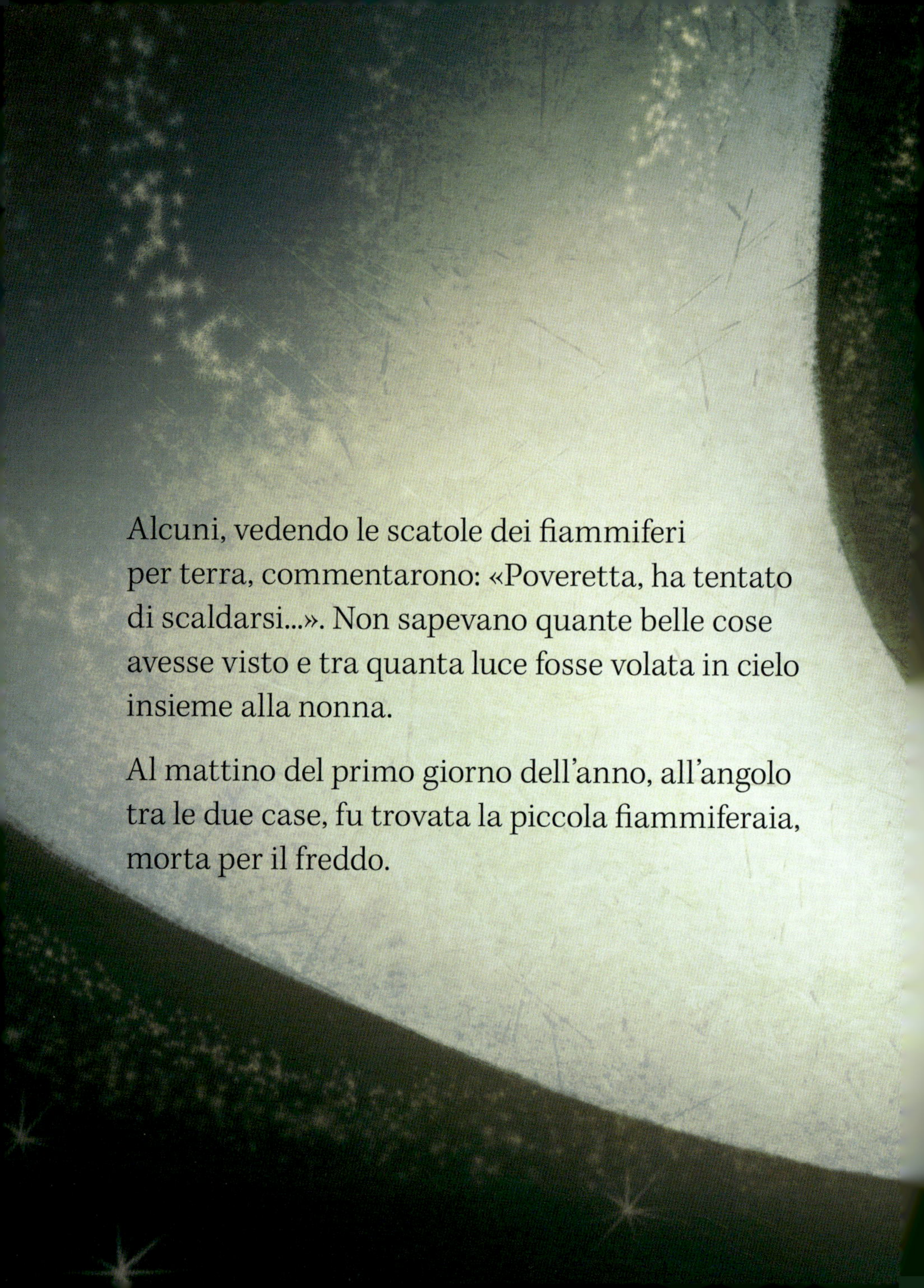

Alcuni, vedendo le scatole dei fiammiferi per terra, commentarono: «Poveretta, ha tentato di scaldarsi...». Non sapevano quante belle cose avesse visto e tra quanta luce fosse volata in cielo insieme alla nonna.

Al mattino del primo giorno dell'anno, all'angolo tra le due case, fu trovata la piccola fiammiferaia, morta per il freddo.

# La Regina delle Nevi

(Hans Christian Andersen)

C'erano una volta un bambino di nome Kay e una bambina di nome Gerda. Erano vicini di casa e si volevano bene come fratello e sorella.

Kay e Gerda si incontravano spesso a giocare durante l'estate nel giardino tra le loro case, pieno di rose fiorite.

Durante l'inverno, i bambini si sedevano accanto alla stufa e ascoltavano le storie che la nonna di Kay raccontava sulla terribile Regina delle Nevi. «Che venga pure,» diceva la nonna «io la metterò dentro la stufa e la farò sciogliere all'istante!»

Una sera Kay salì su una sedia accanto alla finestra e osservò alcuni fiocchi di neve che scendevano. Uno, il più grande, si posò su una cassa di fiori e si trasformò in una bella signora vestita con un velo bianco, ricoperto da una miriade di fiocchi luminosi come le stelle.

Vennero la primavera e poi l'estate, e mentre i bambini stavano in giardino a leggere, Kay all'improvviso disse: «Ahi, ho sentito il cuore pungere e ora mi è entrato qualcosa nell'occhio!». Gerda controllò, ma non c'era nulla.

Kay cominciò a cambiare: divenne nervoso e scortese, strappava le rose del giardino, e ogni volta che la nonna raccontava le sue storie aveva qualcosa da ridire e imitava la povera vecchina, facendosi beffe di lei.

Un giorno d'inverno disse che andava a giocare nella piazza con la slitta, insieme ad altri bambini. Uno dei giochi preferiti era attaccare le slitte ai carri dei contadini e farsi trascinare sulla neve.

Quel giorno apparve una grossa slitta tutta dipinta di bianco, col conducente avvolto in una grande pelliccia bianca, e con un cappello di pelo candido.

Kay legò velocemente il suo slittino alla slitta bianca e si fece trasportare. La slitta andava sempre più veloce e il conducente fece un cenno a Kay, come se si conoscessero.

Andarono avanti e uscirono dalla città.
Kay, allora, decise di slegare la slitta,
ma non ci riuscì. Si spaventò e si mise a gridare,
ma non lo sentiva nessuno. La neve cadeva fitta
e abbondante.

Kay era preoccupato, non sapeva cosa fare.
La slitta bianca sorvolava tutto e si allontanava
sempre di più, poi all'improvviso si fermò
e il conducente si alzò. Era una donna snella,
vestita di un bianco splendente. Era la Regina
delle Nevi ed era bellissima!

La regina fece salire
Kay sulla sua slitta
e lo avvolse
nella sua pelliccia.
«Vieni qui, così
non sentirai più freddo»
disse, e gli diede
un bacio sulla fronte.
Era come sprofondare
nella neve. Lei gli diede
un altro bacio,
e questo era più freddo
del ghiaccio.

Gli penetrò nel cuore e gli sembrò di morire.
Poi non sentì più freddo.

La Regina baciò di nuovo Kay e lui si dimenticò della nonna e della piccola Gerda.
Kay pensò che era davvero bella, perfetta e sorrideva sempre.

La Regina lo portò via con sé e Gerda rimase preoccupata ad aspettare il ritorno del suo amico, che tutti pensavano morto disperso nella neve.

Gerda sperò che Kay tornasse e, quando venne la primavera, decise di indossare le sue scarpe rosse nuove e di andarlo a cercare.
Andò a interrogare il grande fiume.

«Hai preso tu il mio amico? Ti regalerò le mie scarpe, se me lo restituirai» e le gettò tra le onde. Le onde non vollero prenderle la cosa più cara che aveva e le misero sulla riva. Gerda pensò di non averle lanciate abbastanza lontano.

Salì su una barca e le lanciò di nuovo nell'acqua.
La barca non era legata e cominciò ad allontanarsi sempre di più dalla riva. Gerda, spaventata, si mise a piangere, ma nessuno la sentì.
"Forse ritroverò Kay" pensò.

La barca trascinò Gerda lungo il fiume fino a una casetta dal tetto di paglia, con strane finestre rosse e blu, circondata da un meraviglioso giardino di ciliegi.

Dalla casa uscì una strana vecchia signora, che camminava appoggiandosi a un bastone a forma di uncino, con un gran cappello dipinto a fiori. La signora agganciò la barca con il bastone e la tirò a riva.

La vecchia sollevò la bambina. «Povera piccola,» disse «come mai navighi tutta sola per il mondo?» Poi, la vecchia signora volle sapere chi fosse e com'era giunta fin lì.

Gerda era contenta di poter scendere dalla barca, ma aveva un po' paura di quella signora sconosciuta.

La piccola decise di raccontare la sua storia alla vecchia signora e le chiese se per caso avesse visto il suo amico Kay.

«Non è ancora passato di qui, ma prima o poi verrà» la rassicurò la strana donna, e la portò in casa, chiudendo la porta a chiave.

La vecchia offrì a Gerda le ciliegie del suo giardino, che erano deliziose, e le pettinò i lunghi capelli con un pettine d'oro, fino a farli brillare.

Man mano che la pettinava, Gerda dimenticava il suo amico Kay. La vecchia signora, infatti, era una maga. Non era cattiva, ma le piaceva la compagnia di Gerda e voleva che restasse con lei.

Gerda andò a giocare nel giardino, in cui c'era ogni tipo di fiore, tranne le rose, che la maga aveva fatto sparire perché temeva le ricordassero Kay. Passarono molti giorni, finché Gerda non si accorse che nel giardino mancavano le rose. Pianse calde lacrime, che cadendo fecero spuntare un albero di rose.
Gerda le baciò e si ricordò finalmente di Kay.

«Ho fatto tardi!» esclamò. «Devo cercare il mio amico Kay!» e chiese ai fiori se sapevano dove potesse trovarlo, ma nessuno di loro aveva informazioni da darle. Gerda vide che il gancio alla porta era arrugginito e riuscì ad aprirla, poi scappò via di corsa. Nessuno la seguì.

Ormai era tornato l'inverno e Gerda si fermò a riposare. Tra la neve scorse una cornacchia, che le andò incontro. Gerda chiese anche a lei se aveva notizie di Kay. «È andato a vivere nel castello di una principessa e credo che ti abbia dimenticata» raccontò la cornacchia.

Gerda insistette per farsi portare al palazzo dove viveva Kay. La cornacchia accompagnò la bambina al castello e la fece entrare dalla porta di servizio. Arrivarono in una stanza dove c'erano due letti: in uno dormiva la principessa, nell'altro c'era un giovane. Gerda si avvicinò e gridò il nome di Kay, ma... si accorse che non era lui!
Per la delusione la bambina scoppiò in lacrime.

I suoi singhiozzi svegliarono il principe e la principessa, che chiesero a Gerda come mai fosse così triste. Dopo aver ascoltato la sua storia furono molto dispiaciuti per lei e le offrirono la loro ospitalità.

«Ti darò un vestito di seta e velluto, e potrai rimanere con noi» disse la principessa.

Ma Gerda chiese solo di avere una carrozza con un cavallo e un paio di stivali per proseguire la ricerca del suo amico.

Il principe fece preparare una carrozza d'oro, foderata con ciambelle di zucchero, frutta candita e biscotti. Gerda si addentrò in una foresta oscura, ma la carrozza splendeva fra gli alberi e alcuni briganti la videro.

«È oro, oro!» esclamarono, e assalirono la carrozza catturando la povera Gerda.

Una vecchia brigantessa con la barba voleva mangiarsela e tirò fuori un coltello, ma venne morsa all'orecchio da sua figlia, che voleva giocare con Gerda.

«Deve giocare con me! Dormirà nel mio letto!» disse la figlia del brigante, cocciuta e viziata com'era, così lei e Gerda salirono in carrozza finché non giunsero a casa dei briganti.

«Non ti devono uccidere. Sei forse una principessa?» chiese la piccola brigantessa a Gerda. La fanciulla le raccontò la sua triste storia e la ragazzina le asciugò gli occhi, poi le chiese di restare a dormire con lei.

Le diede da mangiare e da bere e le mostrò i suoi animali: aveva cento colombe, che sembravano addormentate sulle travi, e una vecchia renna.

La brigantessa chiese a Gerda di raccontarle meglio la sua storia, del suo amico Kay e di come era andata in giro sola per il mondo.
Le colombe sentirono tutto.

Dopo un po' una di loro disse:
«Crrr crrr, noi abbiamo visto il piccolo Kay.
Era sulla slitta della Regina delle Nevi, trainata da una gallina bianca; sono partiti per la Lapponia, dove ci sono sempre neve e ghiaccio».

«È un luogo meraviglioso» aggiunse la renna.
«Lì tutto scintilla di neve e di ghiaccio
e la Regina delle Nevi ha il suo palazzo estivo,
ma il suo castello si trova verso il Polo Nord.»

Gerda sospirò: «Oh, Kay, caro amico mio!». La piccola brigantessa chiese alla renna se sapeva raggiungere la Lapponia e la renna fu ben felice di offrirsi di aiutare Gerda.

I briganti erano fuori e la madre della brigantessa dormiva. La ragazzina chiamò la renna e le disse: «Vai ad accompagnare Gerda in Lapponia dal suo amico Kay». Diede a Gerda stivali di pelo e un paio di guanti, le preparò del cibo e la fece scappare insieme alla renna.

La renna corse via più veloce che poteva, con Gerda sulla groppa. Viaggiarono per alcuni giorni e infine giunsero in Lapponia.

Incontrarono una signora che spiegò a Gerda che Kay aveva una scheggia nel cuore e una in un occhio: andavano estratte, altrimenti sarebbe stato per sempre schiavo della Regina delle Nevi.

Gerda andò nella gelida tundra per trovare Kay. Presto fu circondata da fiocchi di neve che cercarono di attaccarla, ma il suo fiato si tramutò in tanti angioletti con una lancia e uno scudo che la difesero, in modo che potesse avanzare.

Kay viveva nel castello di neve della Regina, con porte e finestre fatte di vento, dove tutto era ghiacciato, gelido e triste. Kay era blu per il freddo, ma non lo sentiva perché la Regina lo aveva stregato con i suoi baci.
Cercava di formare con dei pezzi di ghiaccio la parola ETERNITÀ.

«Se riuscirai a formare questa parola ti lascerò libero» aveva detto la Regina, ed era volata via.

Kay tentava di formare la parola ETERNITÀ, ma continuava a fissare i ghiaccioli senza riuscirci. Gerda entrò nel castello e giunse nella grande sala ghiacciata in cui si trovava il suo amico.

Gli corse incontro abbracciandolo ed esclamò: «Kay! Finalmente ti ho trovato!». E lo strinse tra le braccia. Ma Kay rimase rigido e immobile.

Gerda non ci fece caso e continuò a stringerlo, piangendo calde lacrime di gioia, che caddero su di lui, sciogliendo il ghiaccio che aveva congelato il suo cuore.

Kay, allora, la riconobbe e pianse anche lui, così uscì anche la scheggia dal suo occhio.

«Gerda! Cara, piccola amica! Dove sei stata? E io, dov'ero finito?» esclamò.

I due amici si strinsero forte, si baciarono e danzarono dalla felicità. Anche i pezzettini di ghiaccio si misero a ballare e composero da soli la parola ETERNITÀ.

«Finalmente la Regina non può più tenermi prigioniero!» gridò Kay. E uscirono insieme, mano nella mano.

Gerda condusse Kay dove la renna li stava aspettando. Salirono sulla sua groppa diretti verso casa: incontrarono tutti quelli che avevano aiutato Gerda, che li salutarono.
Quando arrivarono la nonna li stava aspettando. Si accorsero che erano diventati adulti, eppure erano rimasti bambini nel cuore.

# Il gigante egoista

(Oscar Wilde)

Al termine della scuola, ogni pomeriggio, ai bambini piaceva andare a giocare nel giardino del gigante (lui era andato a trovare un orco suo amico ed era lontano da sette anni).

Quel luogo era meraviglioso: ampio, con tanta erba soffice e fiori variopinti. C'erano anche alcuni peschi che in primavera si ricoprivano di delicati fiori rosa e in estate producevano frutti succosi. Gli uccellini svolazzavano tra i rami cinguettando allegramente e i bambini si fermavano incantati ad ascoltarli.

Venne l'inverno, e il gigante decise di ritornare: ormai non aveva più nulla da dire al suo amico e preferiva rientrare nel suo castello.

Quando arrivò, vide i bambini che giocavano nel giardino e si adirò moltissimo: «Che cosa fate qui? Chi vi ha fatto entrare?» urlò a gran voce.

«Questo è il mio giardino e nessuno può giocare qui dentro! Qui è tutto mio, e ci posso stare solo io!» disse arrabbiato.

Per tenerli lontani, costruì intorno al giardino un muro molto alto e vi attaccò un cartello su cui scrisse: «VIETATO ENTRARE: i trasgressori saranno puniti!». Era un gigante molto egoista.

Quei poveri bambini ora non avevano più un luogo in cui giocare: provarono ad andare sulla strada, ma era troppo sporca, piena di polvere e di sassi appuntiti.

Al ritorno da scuola, in preda alla nostalgia, i bambini camminavano intorno al muro.

Parlando tra loro, ricordavano quanto fosse bello stare in quel meraviglioso giardino e quanto erano felici prima dell’arrivo del gigante.

VIETATO
ENTRARE
I TRASGRESSORI SARANNO PUNITI!

Venne la primavera e ovunque si sentivano cinguettare gli uccellini tra prati fioriti e alberi ricoperti di boccioli. Solo nel giardino del gigante egoista era ancora inverno: gli uccelli non volevano andare là e le piante si erano dimenticate di fiorire. Senza i bambini il giardino si era rifiutato di tornare alla vita.

Un fiore aveva tentato di spuntare,
ma quando aveva visto il cartello
si era così rattristato che decise di tornarsene
nel terreno. Gli unici a essere contenti
erano neve e gelo: «La primavera
non è entrata in questo giardino,
così sarà per sempre nostro».

La neve stese ovunque il suo candido
mantello e il gelo ricoprì tutti gli alberi.
Poi chiamarono il vento del nord,
che soffiava tutto il giorno impetuoso
e sibilante. Fecero venire anche la grandine:
ogni giorno picchiava sul tetto del castello,
tanto che ruppe la maggior parte delle tegole,
e poi tempestava il giardino con tutte le sue forze,
spargendo ovunque gelo e ghiaccio.

«Non capisco perché la primavera tardi così tanto ad arrivare» diceva il gigante egoista mentre osservava il giardino dalla finestra.
«Spero che il tempo si sistemi.»

Ma la primavera non arrivò, e nemmeno l'estate. In autunno ogni giardino si riempì di frutta gustosa, ma nel giardino del gigante egoista, ricoperto di neve e ghiaccio, era sempre inverno.

Un mattino il gigante se ne stava a letto sveglio, quando all'improvviso udì una dolce musica. Era talmente soave che pensò fossero arrivati i musici del re. In realtà si trattava di un uccello che cantava davanti alla sua finestra, ma era da così tanto tempo che non sentiva cantare un uccello, che pensò di aver udito la musica più bella del mondo.

La grandine aveva smesso di picchiare sui tetti e il vento si era fermato. Un aroma di fiori si era diffuso nell'aria e il gigante pensò: "Finalmente è arrivata la primavera!", e scese dal letto per guardare fuori.

Che fantastica visione! I bambini avevano trovato un buco nel muro ed erano riusciti a intrufolarsi nel giardino. Si erano arrampicati sugli alberi e si erano seduti sui rami.

Le piante erano così contente di vedere di nuovo i bambini che si erano ricoperte di germogli e avevano accolto i piccoli tra le loro braccia. Gli uccelli erano tornati a svolazzare e gorgheggiavano felici; i fiori erano sbocciati e il sole splendeva di nuovo.

Solo in un angolo era rimasto l'inverno: era il punto più lontano del giardino e c'era un bimbetto fermo in piedi davanti a un albero. Era così piccolo che non riusciva a raggiungere i rami e girava intorno alla pianta piangendo. L'albero era coperto di gelo e neve, e il vento soffiava scuotendolo. La pianta cercava di piegarsi e di avvicinare i rami, ma il bimbo era troppo piccolo e non riusciva a salire. Il cuore del gigante ebbe un sussulto e si sciolse.

«Come sono stato egoista!» esclamò. «Ecco perché la primavera aveva abbandonato il mio giardino. Prenderò in braccio quel bimbo e lo farò sedere sui rami dell'albero, poi distruggerò il muro e farò venire i bambini a giocare nel mio giardino tutte le volte che vorranno. Sarà per sempre il loro giardino.»

Scese senza farsi sentire ed entrò nel giardino. Alla sua vista, i bambini scapparono via terrorizzati e l'inverno tornò a imperversare.

Solo il bambinetto rimase dov'era, perché piangeva così tanto che non si era accorto della presenza del gigante.

Questi gli si avvicinò, lo prese per mano e lo fece sedere delicatamente sull'albero. La pianta rifiorì all'istante e gli uccelli accorsero cinguettando.

Il piccolo spalancò le braccia, abbracciò il gigante e gli diede un bacio. Gli altri bambini, quando capirono che il gigante era diventato buono, tornarono di corsa nel giardino e riportarono subito la primavera.

«Il giardino è tutto vostro, bambini!» disse il gigante, e abbatté il muro. La gente si accorse che il gigante era cambiato: giocava con i bambini e il suo giardino era il più bello che si fosse mai visto.

Rimasero insieme per tutto il giorno e alla sera salutarono il gigante.

Lui, però, era triste: non riusciva più a trovare il bambino che aveva messo sull'albero.
Il gigante gli voleva molto bene e desiderava rivederlo.

«Non sappiamo dov'è» dissero i bambini. «Forse se n'è andato.»

«Ditegli che può tornare tutte le volte che vuole» esclamò il gigante. Ma i bambini non lo conoscevano e non sapevano dove viveva. Il gigante si rattristò profondamente.

Ogni giorno i bambini venivano a giocare con il gigante. Ma il piccolo che lo aveva abbracciato non era più tornato. Il gigante era molto buono con tutti, ma aveva nostalgia del suo amico e spesso pensava a lui, sperando di rivederlo.

Passarono gli anni e il gigante invecchiò. Non riusciva più a giocare con i bambini, così stava seduto a osservarli, ammirando il suo giardino. «Quanti bei fiori» osservava. «Ma i bambini sono i fiori più belli.»

Una mattina d'inverno, guardò fuori dalla finestra. Ora non temeva più questa stagione, perché sapeva che la primavera tornava sempre.

All'improvviso spalancò gli occhi per lo stupore: nell'angolo più lontano del giardino c'era un solo albero, tutto coperto di gemme bianche. I suoi rami erano d'oro e da essi pendevano meravigliosi frutti d'argento. Ai piedi dell'albero c'era il bambino a cui il gigante aveva voluto tanto bene.

Scese le scale e uscì nel giardino. Attraversò il prato e si avvicinò al piccolo. Quando lo vide da vicino, si adirò e gli chiese: «Chi ha avuto il coraggio di farti del male?». Sui palmi delle mani, infatti, aveva i segni di due chiodi, e anche sui piedi.

«Dimmi chi è stato: voglio sguainare la spada e ucciderlo!»

«No!» rispose il bambinetto. «Queste sono le ferite dell'amore.»

«Chi sei tu?» chiese il gigante impaurito, inginocchiandosi.

Il piccolo sorrise e gli disse: «Tu mi hai fatto giocare una volta nel tuo giardino, oggi verrai con me nel mio, che è il Paradiso».

Più tardi i bambini arrivarono e trovarono sotto l'albero il gigante che giaceva morto, tutto coperto di petali bianchi.

# Il Principe Felice

(Oscar Wilde)

C'era una volta in una città la statua di un principe. Si trovava in alto, su una colonna, ammirata da tutti: gli occhi erano due zaffiri, sull'elsa della spada era incastonato un prezioso rubino ed era tutta coperta da sottili foglie d'oro.

«Perché non assomigli al Principe Felice?» chiedevano le mamme ai bambini che piangevano senza motivo. «Lui è sempre contento e non piange mai» dicevano indicandolo come esempio.

Una notte arrivò in città una piccola rondine: le sue compagne erano già partite per l'Egitto, ma lei era rimasta per stare con una canna di fiume che aveva visto in primavera.

Con l'arrivo dell'autunno le altre rondini erano volate verso i Paesi caldi, e la rondine dopo un po' aveva deciso di partire per raggiungere le sue compagne.

Volò per un giorno intero e sentì il bisogno di riposare. Vide la statua del Principe Felice e si posò sul piedistallo. Si preparò per dormire, ma aveva appena messo la testa sotto l'ala quando sentì una goccia caderle addosso. "Che strano! Il cielo è limpido, eppure piove. Certo che il clima del Nord è proprio bizzarro" pensò. Poi cadde un'altra goccia.

"Questa statua non mi ripara dalla pioggia" disse tra sé la rondine. "Sarà meglio che mi cerchi un altro posto", ma mentre stava per aprire le ali cadde un'altra goccia e, guardando in su, si accorse che gli occhi del principe erano colmi di lacrime!

Il viso del principe era così bello che la rondine si sentì commossa. «Chi sei tu?» gli chiese.

«Sono il Principe Felice» rispose lui.

«Allora perché piangi?» domandò la rondine.

«Quando ero un uomo vivevo in uno splendido palazzo, dove la tristezza non entrava. Giocavo in giardino, danzavo nel salone ed ero sempre felice. Non sapevo cosa ci fosse al di là del muro che circondava il giardino e non ho mai avuto preoccupazioni. Dopo che sono morto e mi hanno messo qui sopra, ho visto tutte le miserie e le difficoltà del mio popolo e, benché il mio cuore sia di piombo, non posso fare a meno di piangere.»

«Ho visto una casa molto povera» continuò il principe. «Ci vive una donna magra, con le mani ruvide segnate dalle punture dell'ago: è una ricamatrice. Sta ricamando i guanti di seta di una delle damigelle della regina. In un angolo, steso in un letto, c'è suo figlio, con la febbre alta.»

«Il bambino chiede un'arancia, ma sua madre ha solo acqua di fiume. Piccola rondine, faresti una cosa per me? Porteresti a quella donna il rubino incastonato sull'elsa della mia spada?» chiese il principe.

«Devo volare in Egitto dalle mie compagne» disse la rondine.

«Potresti fermarti solo per questa notte?» replicò il principe. «Non mi piacciono i ragazzi» esclamò la rondine. «Mi lanciano i sassi e sono poco rispettosi.»

Il principe era molto triste e la rondine non se la sentì di negargli un favore.

«Va bene,» disse «sarò il tuo messaggero, ma solo per questa notte» e staccò il rubino dall'elsa della spada per portarlo alla ricamatrice.

Il principe ringraziò la rondine per la sua generosità.

La rondine volò sulla città e arrivò fino alla casa della povera ricamatrice. Il bambino si agitava nel letto e sua madre si era addormentata dalla stanchezza. La piccola rondine posò sul tavolo il rubino vicino al ditale, poi volò vicino al bambino e gli fece vento con le sue ali. «Che sollievo» esclamò il piccolo, e si addormentò.

La rondine ritornò dal principe e gli disse
che aveva consegnato il rubino alla ricamatrice.

«Ora sento meno freddo» notò la rondine.
«È il calore delle buone azioni» le disse il principe.

La sera dopo la rondine annunciò
che sarebbe partita per l'Egitto.

«Piccola rondine, potresti restare un'altra notte?» chiese il principe. «Vedo un giovane in una soffitta che cerca di scrivere una commedia per il direttore del teatro, ma fa troppo freddo ed è affamato. Portagli uno degli zaffiri dei miei occhi» disse il principe.

La rondine scoppiò a piangere: «Non posso farlo!».
Ma il principe insistette, così la rondine
lo accontentò e portò lo zaffiro al giovane.

Il giorno dopo andò di nuovo a salutare il principe: era arrivato il momento di partire.

«Piccola rondine, resta ancora una notte, ti prego! Nella piazza c'è una fiammiferaia che ha fatto cadere i fiammiferi nel fango. Sarà picchiata se non porterà a casa dei soldi. Portale lo zaffiro che mi è rimasto» disse il principe.

La rondine provò a protestare, ma il principe la convinse, così prese lo zaffiro e lo fece cadere nelle mani della bambina.

Poi tornò dal principe: «Ora sei cieco, non posso lasciarti. Resterò qui con te» esclamò.

«Non posso permetterlo: tu devi andare in Egitto, vola verso il caldo!» disse il principe, ma la rondine non volle lasciarlo e rimase con lui. Ogni giorno gli raccontò delle terre che aveva visto. Il principe, infine, le chiese di volare sulla sua città e di raccontargli cosa vedeva.

La rondine volò su tetti e strade e vide mendicanti, bambini che chiedevano l'elemosina, povera gente infreddolita.
Quando lo raccontò al principe, lui le disse: «Io sono coperto d'oro: vola sulla mia città e porta ai poveri una foglia d'oro».

La rondine staccò foglia per foglia l'oro che ricopriva il corpo del principe e lo consegnò a tutti i poveri della città. La statua del principe divenne grigia e scura. Poi arrivò l'inverno e scese la neve.

La rondine era stanca, capì che ormai stava per morire e andò sulla spalla del principe per salutarlo. Il principe pensò che partisse per l'Egitto e le chiese un bacio, perché l'amava. La rondine gli disse: «Non parto per l'Egitto, sto per entrare nella casa della morte» lo baciò sulle labbra, poi cadde ai suoi piedi morta.

Si udì da dentro la statua uno strano rumore, come di qualcosa che si rompeva: era il cuore di piombo del principe che si era spezzato in due.

La mattina dopo il sindaco vide che la statua era annerita, così decise di toglierla e di farla fondere. La rondine venne gettata tra i rifiuti. Il capo della fonderia fu sorpreso, poiché non riuscì a fondere il cuore di piombo. Decise, allora, di gettarlo tra i rifiuti, vicino alla rondine.

Dio disse a uno dei suoi angeli: «Portami le due cose più preziose che trovi in città». L'angelo andò da Lui con il cuore di piombo del principe e la rondine morta.